Lost Last Letter

渡邊 青
Sei Watanabe

文芸社

僕たちは雨に煙る六月を通してそれを見る。
見えるものは全て曖昧で、不確かで、
まるで白い夢の中の風景。
やがてそれは移ろい、薄れ、
胸を突く痛み
眠りを誘うほどの静寂
あるいは
やりきれないくらいの喪失として
残される。
だれも過去に触れることはできない。

写真／河村洋太

目次

Lost Last Letter

あの頃から、僕の時間は止まってしまったんだろう。

もうすぐ、夏になる。

夏になると、よくそう思う。あの頃から、僕の時間は止まってしまったんだろうと。とくに、こんな晴れた日には。

差出人不明の手紙を受け取った五月の朝から、僕は一度もポストを開いていない。まるで、世界の片隅に空いた深い穴にすとんと落ちてしまったようだった。それから長い雨のつづく季節の谷間を、僕はその深い穴の中で過ごしていた。僕のそばにはただひとつ、差出人不明の手紙があるだけだった。

サックスブルーの封筒と便箋は、その文面にぴったりと合っているように思える。

ソファーに寝そべりながら、差し込んでくる柔らかい陽射しに透かしてみると、微かにインクのにじんだ文字が浮き上がる。

僕はその手紙の差出人を、その恥ずかしそうな丸文字から推察することができた。僕は大好きなカセットテープをすり切らすように、何度も何度も手紙を読んだ。今ではもう、見なくとも、その文面を句読点の位置すら間違うことなく言うことができる。だから、僕はこの手紙を二度と開くつもりはない。綺麗に片付けた、何も載っかってないガラステーブルに置いて、離れたところから毎日眺め、時にはふと手にとって、光に透かすなりするだけ。

その手紙があんまり寂しそうにするものだから、柄にもなく花瓶を買ってアジサイの花を挿したり、カバーの綺麗な文庫本を隣に置いてみたりした。インスタントカメラで写真を撮ってやった。専用のマグカップを買ってきて一緒にコーヒーを楽しんだ。手紙は少しだけ嬉しそうに笑ったけど、フラッシュを嫌い、「写真はもう撮らないで」、と言った。僕は一枚だけ撮ったフィルムを現像に出し、受け取るとき、不思議そうな顔をされた。

僕と手紙はそうやって、六月の煙る、糸のような長雨の季節を抜けて、もうすぐ入道雲が晴れた空に湧き立つ七月へ入ろうとしている。そうして、僕の思いは何年か前の同じ季節にフィードバックしていく。電話ボックスの中で、額の汗を拭う紺のブレザーを着た僕の姿と彼女の携帯番号。四と二ばかりのダイヤルナンバー。

「はい」

「あ、平川。俺、牧野だけど」

「ユタカくん?」

「うん、久しぶり、覚えてくれてたんだ」

ほっとして胸をなでおろす。「誰?」と聞き返されるのが怖くて最後の四をプッシュできずにいた自分が照れくさい。

「あのさ、ほら、昔行けなかった映画があるだろう。あれ、今やってるんだって」

胸を高鳴らせて、彼女をデートに誘うあの頃の僕。

「よかったら、一緒に行かないか」

「え……うーん」

「都合のいい日でいいんだ。俺はいつでも暇だから」

今でこそ暇だけど、その頃はそうでもなかった。でも、暇を作ることにものすごいエネルギーを使う自信があった。

「今は分からない。いろいろあるから」

でも、いつもそうだった。彼女の答えはいつだって曖昧だった。

まるで僕は、大病を抱えているのに死に辿りつけない患者だった。そして、「いっそのこと」と言えないままに、僕はいつも受話器を置くのだった。怖くてしょうがない。あっさり叩きのめして欲しいという願望と、それだけは止めて欲しいという懇願が、終わりのない綱引きを、飽きることなくつづけていた。

クラクラと頭が揺さぶられる気持ちがした。

遠くの平野を見渡せる高台の学校、その校門の前にある、備えつけられて間もない電話ボックス。鮮やかな緑の連立が作る葉陰の中からけたたましいアブラゼミの鳴き声が聞こえていた。

断られたわけではないという、微かな期待と、上手くはぐらかされたという、失望のはざまで、胸の高鳴りが落ち着いていく。僕は自分になんと言えばいいのか、どんな態度をとればいいのか分からないまま、電話ボックスを出た。

周囲に人影のない土曜日の放課後。よく晴れた真っ青な空がどこまでも高い。そう、ちょうどこんな天気。そっと肌を撫でる熱を持った風が、微かに、乾いた懐かしい匂いを含んでいる。

あの夏以来、僕と彼女は止まった時間に隔てられてしまった。なぜなら、僕は意識的に、彼女との連絡を断ち切ったのだから。

僕は彼女への想いを抱えたまま……むしろ想いを強くしながら、彼女のことを諦めていった。彼女のことを強く想えばその分だけ、その笑顔や声、匂いや仕草を近くに感じたいと願えばその分だけ、止まっている時間は密度を濃くしていった。

ふと彼女のことを思い出すとき、僕はいつだって紺のブレザーを身にまとい、電話ボックスの中で四と二のダイヤルナンバーを押している。電話口から聞こえてくる、彼女の声が曖昧に答える。

「今は分からない」と。

そして僕は知っているのだ。今は分からないという言葉の意味を。

だから、僕は「あの夏の今」から時間を進めない。だから、彼女の言葉の裏に隠された意味は永久に曖昧のまま。

手紙を丁寧にテーブルのいつもの場所に置く。風に飛ばされやしないかと、じっと見つめる。彼女の誕生日が近付いていた。何か贈りたい、そう思っていた。きらきらしたものがいいだろう。彼女が生まれた季節の、柔らかな雨に似た、きらきらしたもの。風に飛ばされないよう、押さえになるような……そんなことを考えているうちに、いつの間にか寝入っていた。僕は、私鉄の駆け抜けていく、空気をふるわす車輪の音にうっすらと目を開けた。低く雲の立ち込めた灰色の空は微かに湿気を帯びて雨を予告していた。僕は徐々に覚めて、舌の裏側に溜まった半透明な唾液を飲み込む。体のあちこちを伸ばして、小さくあくびをすると、まぶたの奥から生ぬるい涙が溢れて、僕の鼻腔をくすぐった。

電気を点けようかと迷うような、薄曇りの青い光。ひと雨来そうな外気の匂い。

完全に覚めてしまう前の、ぼやけた視界と機能しない思考回路。

僕はまだ眠っていたいという、どこからかやってくる声を振り切り、上半身をソファーの上に起こした。なんだか、部屋のありようが微妙に変わっているように思える。夜遅くまで模様替えをした次の日の朝のようだ。しかも、眠りが深くて、朝と夕の区別がつかずに戸惑っている。

「こんにちは」と誰かが言った。

あんまりびっくりして、僕は餌をとられないように辺りを見渡すリスのように、きょろきょろした。

「誰？」、調子の抜けた声で聞き返す。

ベッドの上、サックスブルーの薄でのカーディガンと白いプリーツスカートの女が膝をそろえて座っている。

僕はこれが夢であると断定した。ああ、夢なんだなと思う。そう思うと、少し気が楽になった。

「平川……」

「久しぶりね、覚えていてくれてた？」

彼女の顔を直視することができなかった。僕はまるで、はにかんだ子どもが人見知りしているみたいに、ちらり、またちらりと彼女の方をうかがった。

彼女はそんな僕を微笑ましく見るようだった。

複雑な気持ちを処理できない僕。

彼女の印象は以前とは少し異なっていた。ショートだった髪の毛は艶やかに肩の先まで伸びて、柔らかくカールがかかっていたし、何より顔全体が明るく見えるような化粧をしていた。瞳が大きく見える。鼻筋がきちんとしている。唇が濡れている。

そして、最後に見たときよりも彼女は確実に痩せてしまっていた。頬のふくらみが削げて、顎のラインが明瞭に鋭くなっていて、フワリとした感じがなくなっている。それでも彼女は十分に可愛らしく、いや、綺麗に見えた。それが僕には残念に思えてしまう。左回りの時計を見ているような、違和感が僕を包み込んでいた。

僕はうつむいた。言いたいことが、隠されてしまい、どこにも見つからない。しばらく考えてみて、手紙のことを話せばいいんだと気付き、ガラステーブルに視線をやる。

手紙はどこにもなかった。

風に飛ばされたのかと部屋中を見回したけど、どこにもない。何でこんなときに限って、これじゃかっこ悪すぎる。「手紙ありがとう、でもどこかになくしちゃったんだ」なんて、とても言えない。彼女は哀しそうにするだろう。そして僕にがっかりするだろう。

「手紙、届いたかな?」

頭を殴られた気がする。

「ああ、そうだ。嬉しかったよ」

引きつった笑顔を無理に浮かべて答えると、彼女はおかしそうに笑った。

笑顔だけは昔と変わらない。面影が、きっと僕が彼女を好きになったこの笑顔の面影が今も消えてしまうことなく残っている。

　僕らは長い時間の谷間を埋めて、あの頃のように親密な空気を生み出し始めた。たったひとつの笑顔が時間の谷間を埋める。

「元気でやってるの？」

「ああ。君は？」

「私は元気。会わなくなって、もう随分長い時間が過ぎたね」

「もう五年近くになる」

「手紙を書くなんて、私自身も思ってなかった。今は、ちょっとだけ寒いところにいて、昔のことを思い出したりしている。多分、人と話をするなんて、あなたが最後になるんじゃないかな。二年前に結婚もしたけど、誰かと付き合うのは、思っていたより難しくて、今は、ひとり」

「そうか、ひとりなんだ」

「幸せがどんなものかなんて、ほんとに分かる人がいるのか、疑問に思う。私もそれを求めてきたけど、結局分からずじまいだった。寂しいけど、仕方ないなって思う」

「……僕にも分からない」

「私はあなたが、私のことを好きだったことは知っていたし、とても嬉しかったけど、なにせ、私もあなたも若すぎて、とくに私は若すぎて、上手く応えてあげることができなかった。悪いことをしたように思ってる」

「そんなことないさ。僕だって君の答えが怖くて逃げ回ってばかりいたんだから」

「それで、私なりに考えてみたんだけど、やっぱり答えは出なくて、でも、それはしょうがないかなって、ひとりで納得している。あなたのことをどう思っているか、私自身、分からなくて、それですごく悩んだ時期もあったの。それは分かって欲しい」

「うん、色々悩ませてしまって、申し訳ないと感じている」

「あなたのことは嫌いじゃないし、いつまでも仲良くしていたい。でも、恋愛感情がどうしても湧いてこない。これって卑怯だけど、それ以上は前に進めないものなのね。汚い女なの。そういう風になってしまっていたの、気付かないうちに」

「そんなことはない。僕は君が汚い女だなんてこれっぽっちも思っちゃいない。君は純粋で、綺麗な女の子だったよ」

「それにふさわしく、私の生活はどん底で、手も足も出ない。恋愛に臆病な上に、結婚にも失敗して、お先真っ暗。でも、素直に受け入れている。私は独り身で、背負うべき責任もなく、誰からも相手にされないし、いなくなっても、誰も気付かない。これも、まあ、私らしいのかなって考えれば、楽になれるものなの。でも、だめね。張り合いがなさすぎて、あんまり寂しくて、その上、体までおかしくなってしまって、そういうのが、知らず知らずのうちにたまっていってね。そろそろ、けりをつけたいって思うようになったの」

「……」

「今、私が一番望んでいるのは、いっぱいの菊の花に囲まれて、綺麗な化粧をされて、ただ眠ること。それもかなわない希望で、多分、ひっそりと、どんな感情もなく見送られるんだろうけれど。それも、寂しい話だから、せめてあなたには菊の花に囲まれて、化粧をされた私を見送るように思って欲しい。すごい迷惑で、わがままな話で、申し訳なく思うけど。それに、あなたを苦しませてしまうのだろうけど、きっと今のあなたの隣には可愛らしい女の子がいて、私のことも昔の笑い話になっちゃってると思うから、こんな無理なお願いをしてみた。嫌だったら、どうか忘れて。どうしてもっていうわけじゃないから」

「嫌だなんて、思うわけないよ。何度でも、そうするさ。菊が飽きたら、バラでも、向日葵でも、いっぱいに敷き詰めてあげるよ」

僕は彼女を見て、泣き出しそうになりながら言った。

彼女は本当に嬉しそうにしていた。そして、何度か頷いた。

「あなたに出会わなかったら、私は何のために生まれてきたのか分からなかったかもしれない。ただ、苦労するだけで、誰の心にも留まることのない、小さな羽虫みたいにしか思えなかったかもしれない。あなたが私を好きになってくれたこと、ほんとに感謝してる。私もあなたのことが好きだったらよかったのにね。あなたに想って貰えたことだけが、唯一のいい思い出。ひどい人生だったけど、人生にひとつだけいい思い出があるだけで、少し、幸福の意味に近付くことができる。教科書に載るようなえらい人にはなれないけど、私も誰かの心に残ることができて嬉しい」

「……」

「もう行かなきゃいけない。この雨が止む前に。心が弱くなっちゃうから。読んでくれてありがとう、心から感謝を込めて」

雨が降っていた。いつものように細かな雨が、サラサラと流れるような音を立てて、昼間の暑さや、埃や全てのものを洗い流している。

ベッドの上の彼女はもういない。

微かな幻影が僕の脳裏に残って、そこで微笑んでいる少し大人びた彼女に、行くな、行くなと呼びかけている。僕は、放り出されたようにいつまでもソファーの上を動かず、白い壁紙を見つめつづけている。彼女が帰ってくることはもう二度とない。そんな風に考えると、胸が締め付けられるように痛んだ。

本当は目を閉じても思い出せなくなってしまっていた。彼女の笑顔を僕は少しずつ忘れてしまっていた。でも僕は、ベッドの上で「さよなら」を言った彼女の笑顔をこれからしばらくは、夢の中に見るだろう。何度も何度も見るだろう。そして、その夢の結末は、あまりに哀しすぎる黒い棺桶を見送る僕だろう。

人間のひどく不確かな記憶は、月日とともに際限なく薄れ、日常の中に飲み込まれていく。どれほど、大切な記憶であっても例外はなく、虚無という真っ暗な谷底に蝕まれて、微かな余韻や幻影ばかりを残すだけになる。それは、悪いことではない。僕らはそういう風にできているのだから。しかし、人はその実体が、いつまでも誰かの心の中に存在しつづけることを熱望する。記憶として、いつでも引出しを開ければ飛び出せるようにしていたいと願わずにいられない。

誰もが背中に付けられた自分だけの番号を永久欠番として残しておきたいものなのだ。僕はこれに応えなくてはいけないと思う。彼女の心の中には僕が残っていたんだ。僕も彼女を残しておく必要がある。

僕が目覚めたのは、実際は雨の朝だった。

手紙は失われてしまった。

僕は、時折、部屋中を引っ掻き回して、彼女の最後の手紙を探すけど、おそらく二度と出てくることはない。それを知りながらも、僕は暇を見つけては手紙を探すようにしている。そうすることで、僕は、彼女のことを記憶しつづける僕自身を、証明しようとしている。

あの頃から僕の時間は止まってしまったけど、それすら、今では懐かしい思い出だ。もうじき夏になる。曖昧に色を変えるアジサイは白く枯れ、止まっていた時間は新しい、動き始めた時間に取って代わられる。

彼女が「さよなら」を言った朝、僕はその新しい時間の中で生きようと決めた。彼女のことを永久の思い出として胸に抱えながら、新しい時間に入っていこうと。

僕は、一枚だけ残った手紙の写真のそばに、アサガオを活けよう。君のことを忘れてしまいそうな、朝に、アサガオの花は咲くだろう。

櫓の下に

私は妻と連れ立って帰郷し、しばらく滞在した後の下り急行列車に揺られていた。窓の外には初夏の海が穏やかな光にちらちらと輝いていた。断崖を貫いた線路は幾つものトンネルを抜けて海と山の境目に沿って延びている。

闇に落ちれば己の顔、日の下に出れば静かな海である。私は鼻歌混じりの気分で、妻に軽口を叩き、弁当をつまみ、帰後の憂事など思いの外であった。妻もまた上機嫌で、饒舌であった。

この地の海岸線はいわゆるリアス式である。大概はごつごつと尖った岩ばかりが連なり、浜などは申し訳程度にしかない。それは塵の吹き溜まりか、あるいは宝の石でも落としたかの如く、扇状にちらほら点在するばかりだった。この地に育った私は太平洋の七里も続く白浜を、成人して初めて眺め、感嘆の声を洩らしたほどである。とはいえ私には磯の方が海としっくり符合する。

幾ばくかゴトゴト揺られた。山が海に滑り込む僅かな隙間にも人の営みはある。古き瓦屋根の乱列、歪な形の田畑、墓地、人影。穏やかな人の営みを感じるのは向こうに広大な初夏の青によるのであろうか。

また幾ばくか揺られた。

空き地があるのを私は見た。その中央に櫓がある。それはまだ骨格の姿をさらしていた。その下に、幼子がしゃがみこんでいる。四人。なにやら相談しているような恰好であった。

脳裏にひとつの赤い点が灯り、突如として私はひとりの世界に埋もれていった。外界からのあらゆる刺激を無造作に受け流し、私は空想の空に身を躍らせていたのである。そうして、「ああ」と無為に嘆息を洩らしたのだった。

夢想児に急変した私を、他者はどう見るのか知らない。「呆けた」と妻は表現する。その顔は実に不細工きわまりないらしい。あんぐり口を開けたまま、たとえ涎など流しても全く気に掛けない。脱力しきっているとのことである。まあ、正しいのだろう。

赤い点は徐々に絵となり活字となり、ひとつの終結に向かってばく進し始める。そのとき私は、夏祭りの絵を想像していた。手に団扇を持って踊り狂う老若男女、夜店、カラフルなライト、喧騒。

四人の子どもはきっとその相談事をしているに違いなかった。私は勝手にそう解釈した。

ひとりの子が言う。「……きっと誰も気が付かない」。これを受けて別の子が言う。「そのときがチャンスだ。絶対に上手くいく」。更に後が続く。「ほんとに大丈夫かなあ、もし見つかったら」。最後のひとりは……最後のひとりは私と同じだ。ただ呆けている。

昌也はマコのことを考えていた。他のことなど全く気にならなかった。頭の中で何度も同じ言葉が繰り返されている。「マコが可哀相だ。マコが可哀相だ。可哀相だ。可哀相だ」。そこに何ものも入り込む隙間などない。彼は思い詰めていたのである。

「昌也！」

恫喝で目が覚めた。見れば健児が眉間に皺を寄せている。

「うん、ごめん」

昌也は小さい体を更に小さく縮こませた。

「何考えてたんだか」

悠太がからかい半分に言う。

日が僅かに翳った。山裾をけたたましく列車が駆け、そして去っていった。

「とにかくだ」と健児は話を元に戻す。「とにかく、この機を逃す手はない」

「でも、もしかしたらってこともあるでしょう」

千春はあくまでも慎重路線をとった。革新派の健児にはこれが気に入らない。

健児は口を尖らせて「何だよ、最初に言い出したのは千春じゃないか。だから
こうやって集まってるんだろう」と言った。

「それはそうだけど……ねえ、昌也君はどう思う？」

「僕？　僕は、うーん」

「だめだよ、千春。昌也はさっきからなあんにも聞こえてないんだから」

悠太が再びからかい口調で答えた。そしてこう続けた。「いいかい、やるかやらないかは別問題なんだ。もしやるんだったら人に見つかる確率の一番低い時を選ばなくちゃ。そして、その時が夏祭りだ。大人も子どもも皆出払ってしまうことなんてそうそうない。あるとしたら、何かでっかい事件がある日くらいなもんだ。でも事件なんていつ起こるか予想もつかないだろう。で、僕は考えた。夏祭りの日しかないってね。僕らは堂々と家を出ることが出来る。誰も疑わない。そして、僕らがほんの少しいなくなっても誰も気にとめない。皆踊りに夢中だし、友達に会ってるくらいにしか考えないに決まってる。その上、夜だから、真っ暗で誰にも気付かれる心配がいらない。ね、やるとすればこの日以外にないよ」

「そう、やらないんだったらこの話はなし」

健児が後をつぐ。

「健児、僕はやるよ。ひとりででもやる。見つかるはずがないんだ。千春もそんなに嫌ならやめればいい。でも、他の人に言ったら駄目だぞ。そうしたらもう知らないからな」

悠太はやけに息巻いている。

「誰にも言わないよう、あたしも行くよう」

「よし、じゃあ決まり。夏祭りの日、夜八時に集合だ」

健児は満足そうだった。

そして、昌也は何が何だか分からないうちに巻き込まれていた。

帰路についた昌也は、今あった相談ごとなどそっちのけだった。とぼとぼと少し伸びた影を引きずりながら、彼はやはりマコのことを考えていた。家族が一緒に暮らせないなんて、そんな不自然でやるせない考え方があってたまるか。彼は今にも叫びだしたいほどであった。人事ではない同情が彼をあらかたやるせない悲哀の淵へ投じていた。怒りも湧いた、憎いとも思った、理不尽を許すことが出来なかった。しかし、それにも増して可哀相だった。切なかった。胸が張り裂けそうで、狂おしかった。そうして非力な自分になお腹を立て、つまるところ大混乱の末に酩酊していた。彼は次から次へと波のように押し寄せてくる感情を押し殺すことが出来ないでいる。整理がつかないのだ。感情のひとつひとつが強烈な個性の塊であった。遂に破綻した。

ぽかんと口を開き、焦点が定まらぬままふらふらと歩みを進め、幾度となくよろめき車道にはみ出し、クラクションに飛び上がる。

彼はマコのことを溺愛していたのだった。妹のように、あるいは恋人のように思っていた。その愛くるしい黒目がちな瞳に見つめられると、直ぐに頬擦りしてやらなくては気が済まぬほどの溺愛振りであった。そうして、彼の頬にはいつもマコの涎がへばりついているのであった。

マコは雌犬であった。

玄関の扉を開くと、彼女は行儀よく座ったまま、尻尾をばたばたと振っていた。

「マコ、来い」

昌也は両手を大きく広げて彼女の名を呼んだ。途端、マコは彼の胸に突進し、後ろ足二本で立ち上がると、べろっべろに彼を舐めた。昌也は彼女の頭をぐしゃぐしゃに撫で付けてやった。

そこへ母親が出てきて、呆れ顔で「昌也、お帰り」と笑うのである。

「ああ、母さん、ただいま」

昌也は顔を反らして母の微笑みに応える。マコはその横顔をなおもむしゃぶり続けていた。

彼はようやく彼女を引き剥がすと、犬小屋の横に離されて置かれた蜜柑の空き箱に目を向けた。仔犬は五匹、まだ目も開かず一塊になっている。先日、マコが生んだのだ。初産である。種はどこぞのものともようと知れない。マコはさほど母犬らしき様子を見せなかった。ただ、乳だけは与えているのかもしれない。五匹の仔犬は健やかであった。

昌也はまるで我が子に対するが如く、温かな視線を蜜柑箱に送る。それから、マコを見る。可哀相だと思った。五匹のうち一匹は既に貰い手が決まっていたのである。それが気に入らない。五匹とも家で飼うつもりにしていたからだった。引き離すなんて理不尽だ、彼は強く思うのである。

居間に上がった。父の背中があった。しゃんとしている。父は振り向きもせずに「おう、帰ったか」と言った。

「ただいま」

力なく彼は答えた。父の背中はしゃんとしている。

自室に入ると昌也は鞄を放り出して、どっと倒れ込んだ。もう一度掛け合ってみよう、彼はそう考えたが、父の背中を思い出すと急に決意は挫けるのであった。天井をぼんやり見ながら、どうにもこうにもなりそうにない現状を上手く打破する手立てを練ってみる。無であろう。明らかである。

「だめだ」

父はきっと一言に付すだろう。

「なぜだめか」

その理由は昌也にも分かる気がした。六匹の犬を飼っている家なんてこの辺りにはない。聞いたことはあっても、遠いところの話にしか思えなかった。現実的でない。しかし、彼は納得してはいなかった。結局、彼の思案はなぜ六匹の犬を飼っている家がないのか、なぜ非現実的なのか、そこを父に問うてみようという消極的なところに落ち着いた。問うだけなら父も怒るまい。

がらと戸を開く。食卓は半分ほどの準備が整っていた。母はなお食卓と台所の間を行ったり来たり、忙しそうに立ち振る舞っている。テレビは野球だった。お決まりの光景である。白球の行方が父の視線を釘付けにしている。昌也はその横顔におずおずと問う。

「父さん。あの、なんで六匹の犬を飼っている家がこの辺りにはないんだろう?」

テレビが消えた。父はゆっくりと体ごと我が子に向き直る。それから呆れたように「お前はまだ言っているのか」と静かに聞き返した。昌也は黙って頷き、父の目をちらりと見てから、視線を外す。

「誰が面倒を見る?」

「僕が」

「お前だけでは見れん。父さんと母さんとお前でようやく見れる。でもな、昌也。いずれ六匹がそれぞれ五匹の仔犬を産む。そうすると何匹になる」

昌也はしばらく計算した。長くかかった。その間に食事の準備がすっかり出来上がってしまい、母はいつもの如く台所を背にして座った。

解けた。そして絶句した。三十六匹。

「解けたか。そいつらを誰が面倒見る」

父はテレビに向き直り、箸を取った。

「いただきます」

昌也はあまり食が進まなかった。

「昌也、しかたがないのよ」

母の慰めは追い討ちにしか聞こえなかった。

夜更け。

「我が家の犬公方にも困ったもんだな」

「あの子は申年生まれなんですけどねえ」

酌の音。


幾日か過ぎた。

その間に一匹の仔犬が貰われていった。最も賢そうな奴だった。仔犬はクンクン鼻を鳴らしたが、母犬は大して気にしている節もなかった。マコは既に母犬という肩書きを捨てていたのかもしれない。が、昌也にはその別れが哀切を帯びて映った。納得はした。理解もしていた。だが、感情を支配するには至らない。理不尽だ、やはりそう思うのである。一匹くらい、などとは決して思わない。五匹とも昌也の可愛い仔犬なのである。

仔犬は目も開かないうちによろよろ歩き始めた。その頼りなげな歩みは一層彼の溺愛を誘う。そして、目が開いた。つぶらな瞳たちに彼は俄然熱を上げた。もう、どこの誰にも渡すまい、日に日にその思いは強まっていくのを彼はつぶさに感じて、それでいて「ああ」と嘆息するのが常であった。

二匹目の貰い手が決まる。次の貰い手は車で四時間も五時間もかかるところに住まいを構えていた。当然彼は断固としてこの取り決めに反対した。もちろん、反乱分子は父の眉間に数本の皺を刻んだ程度で退けられた。昌也の思いが伝わったのか、今度の別れにマコは敢然と抗議し、吠え立てていた。その振る舞いは昌也の胸を焦がし、目頭を熱くした。そして、母の眉間に数本の皺を刻んだのである。

仔犬は三匹になった。やがて夜泣き宜しく、キャンキャンと大合唱を始めるようになり、近所からの苦言が二発、父の頭上に落下していた。昌也はそのことを知らない。季節は真夏に飲み込まれていた。夏祭りが近い。

海へと下る小径を駆ける。ビーチサンダルをパタパタいわせて軒の連なる影の内を一直線に抜けていく。突然海が大きく開けて眩しい陽射しの中、高い空には入道雲がそびえ、その先を目指して悠然とかもめが浮かぶ。海沿いの町に住む子どもたちは夏休みともなると、人手の多い浜を避けて、岩場にそれぞれのコミューンを形成する。彼らがまず夢中になるのが飛び込みである。次に漁である。

毎日通うわけではない。海開きの前より彼らは遊び疲れ、夏休みに入る頃ともなるともう飽きているからだ。家でごろごろしていることのほうが多い。

健児にとってこの夏休みは常と少し違った。彼は昨年の晩夏にようやく天狗岩の先より飛び込みの術を得たのであった。天狗岩からの飛び込みはひとつのステータスである。彼は体躯が頑強であった。まさに海男の血を引いた典型であり、抜きん出て背も高い。その上、五つ離れた兄がいる。彼はませていた。

同い年で天狗岩から飛べるのは彼と、二組の村田のふたりだけである。村田はサッカー少年、彼は野球少年、対立することもしばしばあった。

先に飛んだのは村田である。健児は先を越されたことを悔やんでいた。故に彼はライバルに差をつける必要があった訳だ。健児は実に勤勉に、この夏、天狗岩へと通い、日が暮れるまで飛び込み、浮かび上がり、よじ登りを繰り返していた。そして、文字どおり天狗になった。この歳で俺より上手く飛べる奴はいない。彼は頭からの飛び込みに成功したのだった。それは湯が百度に達すると急に沸騰するように、ある日、予想の範疇から外れて突然達成されたのだった。

そのとき、彼は飛び込みを前にして不覚にも岩の窪みに足をとられた。体勢を崩し脇腹からなだれ込むかの如く海面に落下した。頭の中は真っ白だった。とにかく本能のままに浮上し、無我夢中で岩場にしがみついた。その際、指先を深く切りつけていた。傷口を潮水が立て続けにさらい、洗う。健児はとにかくほうほうの体で天狗岩の比較的なだらかな傾斜まで辿り着き、仰向けに寝転んだ。脇腹に重い痛みが走り、怯えが取り巻いていた。それでも真夏の午後、空はただ高く澄み切って青いことに変わりはなかった。時折、波飛沫がはたはたと彼の頑強な胸板を濡らし、あっという間に光の中へ溶け込んでいった。

「危ねえ……」

独り言が洩れていた。急激に疲労が襲う。彼は目を閉じて、瞼を透かす強い陽射しの朱を見る。目を開いたとき、空はなお眩いばかりの青色でそこにあった。千春は今頃何をしてるだろう。ふと思う。俺が死んだら悲しむかなあ。

天狗岩は海水浴場より沖へ五十メートルほど先にぬっと突き出ている。四方は波に削り取られ、とくに沖に面した斜面は垂直に海面へと落下している。高さもあるが潮流が遅いために、恰好の飛び込み台と化していた。そこより右手には祈流ヶ崎《きるがさき》が見える。祈流ヶ崎の頂点から望むと天狗岩は文字通り海面に突き出た天狗の鼻のように見えるらしい。名の由来はそこにあると聞いた。

「祈流ヶ崎の切り通し、夜道を行けば切る者キリ無し」

そんな唄が残っている。

その切り通しを越えた、その先に千春の家がある。ふと思う。天狗岩より頭から飛び込む自分の姿を見たら、千春はどう思うだろうか。きっと感嘆の声を洩らすだろう。よし。健児にとってこの夏は常のものとは違っていた。

千春は蕎麦屋の娘である。休みに入ると家の仕事を手伝うのが習いであるから、日中は濃紺のエプロンを腰に巻いて看板娘の名に恥じぬようせっせか働く。店に出れば、常連の客共に「よく働く子だ」「偉い偉い」「可愛い可愛い」と言われるもので、嬉々として右に左に駆け回っている。

健児が野生に帰って海に墜落している頃、ちょうど昼時の混雑が終わり、彼女は手桶と柄杓をぶら下げ、通りに水を撒いていた。

軒先の向日葵が瑞々しく咲いている。

彼女はかいてもいない額の汗を拭う仕草をし、更に痛くもない腰をとんとん叩いて、ふうと息を吐き、向日葵の花を見てうふふと笑った。そこに自転車をこいで村田光也が通りかかった。

「あら光也君」

視線が合ったので、千春は快活な声をかけた。光也は少しぽおっとしたようである。彼は肩にかけたスポーツバッグをずり落としそうになって、慌ててそれを直した。

「これからサッカー？」

「ああ、そうさ」

「がんばってね」

「ああ」

会話はそれだけだった。千春は再び腰をとんとんと叩き水を撒き始める。光也はしばらくそこに佇んでいたが、はっと我に返りハンドルに手をかけた。少しこいで、また止まり何かを思案しているふうである。そして、彼は意を決したらしく千春に尋ねた。

「な、なあ、お前サッカーと野球どっちが好きだ?」

千春は少し首を捻った後、「サッカーかなあ」と答えた。

光也は口笛を吹きながら去っていった。

「蕎麦屋の娘に狢が惚れて狐も狸も同じ穴」

悠太は大概人に嫌われる性質の少年である。学業はずば抜けて優秀、そのうえスポーツは万能。一目置かれる。しかし、それを彼の両親が鼻に掛けた。吹聴すること甚だし。それを周りの大人が毛嫌いする。彼らの子が感化される。孤立する。あの子はでしゃばりだと教師にまで疎まれる。それでいて本人はどこ吹く風、飄々としたものである。大人に媚びて上手く世渡りするという小賢しい子ども心が彼には欠落していた。故にこの循環はどこからも断ち切られない。それで変わり者と勝手にされてしまった。

彼の友人は例の三人を除いて他に見当たりようもなかった。気付けば何となく仲良くなっていた。仲良くなってしまえば悠太には悪びれたところがないため、外の言葉など彼らには蚊が刺したほどにも感じない。

悠太は夏祭りの日を心待ちにしていた。禁を破ることに快を感じていたわけではない。彼は祈流ヶ崎の突端から降りたところにある祠を見てみたかったのである。彼は以前からの読書好きだったが、近頃は歴史物の類に興味を示していた。司馬から入り坂口だとか芥川、その辺りより没入し国文学の現代語訳版にもちょろちょろ手を出していた。

その時節にこんなものを見つけてしまったから彼は全く問題にしていなかった郷土史にまで手を広げることになったのである。こんなものというのは一枚の紙切れを指す。

千春が向日葵を相手にケラケラ笑っている頃、悠太はその紙切れを持って昌也の部屋に押しかけた。

「やっぱり衣ケ崎《きぬがさき》だった！」

開口一番、悠太はごろ寝している昌也を蹴り飛ばした。

昌也は慣れたもので、むくりと起き上がり「そうか」とだけ言う。

「お前の親父が言ってたことに間違いはなかったよ」

悠太は嬉しそうにごそごそとリュックを漁り、その中から萎びた古書を広げた。栞に使っているのはいつか見つけたあの紙切れだった。そこへ昌也の母が麦茶を持って現れる。

「おばさん。おじさんの言うことに嘘はないね」

悠太は鬼の首取ったかのように興奮している。汗を拭き拭き、グラスの麦茶を一息に飲み干した。大方、図書館で鬼首ちぎって、急ぎ駆けつけたというところなのだろう。母は「あらそう」と曖昧な返答をした。それから、「でもね、悠ちゃん。入ったりなんかしたら駄目よ。あそこは足場が悪くて、凄く危ないし……」

「それに下の潮流が速いんだろう」

「そう、落ちたら助からないの」

「それも間違いないらしいね。沖のほうに流されて上がらないんだろう」

「まあ、誰に聞いたの？」

母は嫌そうに顔をしかめた。

「本に書いてあった」

悠太は事も無げに答えた。

「まあ」といって母は退散した。よく晴れた夏の午後、風鈴の音を聞きながらの話ではない。

悠太はこの家が気に入っている。昌也の寝惚け顔も気に入っている。そして、ここの大人たちは彼の知恵袋になってくれる例外的存在なのだ。悠太は地元の者ではなかった。

彼の父親はそこそこに学があったが、海の傍で暮らしたいという訳の分からぬ理由でこの地に流れ着いた。生まれながらの根無し草である。元は東京の下町の出である。悠太は自分の父を「トラ次郎」と陰で呼ぶ。しかも出来そこないのトラ次郎だと考えている。出来そこないのトラ次郎はこの地で公僕になった。そして、夕方早くに帰宅しのんべんだらりと日がな一日暮らしている。

母は彼女の一粒種、つまり悠太のことにしか興味がない。それは俺が優秀だからだ、と彼は考えている。元々名も無き寒村の娘で、どこだかの飲み屋で「トラ次郎」と懇意になったぐらいだから、母の興味が出来すぎた我が子にのみ向くのも分かる。彼はこうとまでは考えていないし、頭の中で言葉にもしていないが、かくの如く冷めた目で己の両親を眺めていた。そのくせ、両親のことが大好きだった。

悠太はまた、昌也が犬を溺愛する気持ちも分かる気がしていた。同じ一粒種だからではない。分かる奴には分かるものなのだ。悠太は思う。昌也の対象がたまたま、あの薄汚れた犬だったというだけの話だろう、と。とにかく、彼はよくこの部屋に来て寝惚け眼の友人に、郷土史の長々しい講釈を時も忘れて施し、喋り疲れて満足するのであった。

「だからな、この御札は間違いなく祈流ヶ崎の寺から迷い込んできたものに違いないんだよ」

悠太は栞代わりの紙切れを昌也の鼻っ柱にくっつけて唾を飛ばした。そして、「ああ、夏祭りが楽しみだなあ」と遠い目をするのであった。

その札は、ある日の夕暮れに昌也と拾ったものである。昌也はマコの散歩途中だった。そして悠太にばったり遭遇した。悠太は暇であったからふたり道づれに海岸線を歩いた。それはまだ春の穏やかな夕暮れであり、海水浴客もなく辺りはしんとしていた。

浜辺に出る。波打ち際をのろのろと歩く。そしてずぶ濡れの紙切れが行きつ戻りつしているのを拾った。ミミズがのたうっているような文字が書かれており解読は不能。しかし、ようやく「南無」の字を見つけて「ああ、御札だ」と言った。

しかしどこの?

この疑問が悠太の好奇心に火を点けた。彼はまず学校の、続いて市の図書館を荒らし回り、古老の元を訪れたりもして。遂に祈流ケ崎に名も無き寺があることを知る。もっとも寺というよりは祠みたいなものらしいが。

だがそこから先が続かない。悠太はこの札が何の札かを知りたかった。しかし、大人たちは知っている素振りだけ見せて、結局有力な手がかりを教えてくれなかった。完全に行き詰まったのである。悠太は頓挫しかけた。そこに、昌也の父親がぼそりと一言、「あの切り通し、昔は別の名前だったようだがなあ」と呟いた。消えかけていた火が再び燃え盛る如く、悠太は再び、図書館に押しかけることとなったのだった。そのひとつの結実が、「祈流ヶ崎」はかつて「衣ヶ崎」と呼ばれていたという事実である。

呼び名が変わったのは明治時代末期のことである。詳細は書かれていなかった。ただ、その頃、この地方一帯が不漁に祟られていたらしいということだけ分かった。何か胡散臭い、悠太はそう思った。

更に彼は唄に興味を引かれていた。この地の者なら大体が知っている唄だった。

「祈流ヶ崎の切り通し、夜道を行けば切る者キリなし」

この一帯は港に適した湾が豊富である。その上、沖に出ればそこは優良な漁場でもある。故に争いの絶えない土地柄ではあった。唄はその絶えない争いを表しているといわれる。

ただし、「祈流ヶ崎」は以前「衣ヶ崎」であった。この事実をふまえると、

「衣ヶ崎の切り通し、夜道を行けば切る者キリなし」

いや、

「衣ヶ崎の切り通し、夜道を行けば切ぬ者きりなし」

「……着ぬ者きぬなし?」

「……着ぬ者キリなし?」

唄が流布した時代は分からない。ともかく改ざんされている可能性が高い、悠太はそう考えた。

彼はひとり笑いを抑えることが出来ない。楽しくて仕方ないのである。彼は玉葱の皮を一枚一枚剥くが如くにこの不可解な郷土史を紐解く作業に熱中している。一枚剥けるごとに彼は「キャッ」と笑って跳ね回っている猿なのだった。そう、彼は猿なのである。いずれ何もなくなって腹を立てるのが関の山だろう。


夏祭りが数日に迫った。

そんなある日、昌也がマコの散歩から戻ると、父が彼を呼び止めた。父はなにやらくたびれているのか、半分忘我の如くに見えた。それでいて妙によそよそしく、我が子の顔も見ないでぶっきらぼうであった。

「犬の貰い手が見つかった」

そんなことだろうと思った。

「それも三匹全部だ」

これは意外だった。昌也は驚いてその場に腰を下ろした。

「本当？　三匹とも？」

「ああ、三匹諸共引き取ってくれる」

「そんなところあるの？」

「ないこともない」

妙に歯切れが悪い。昌也は無言で父の横顔を凝視した。

「遠いの？」

「ああ、かなり遠いな」

「……」

「だめだ」

何も言っていないのに父は頭ごなしに否定した。語気は荒かった。

「さあさあ、ご飯出来たから、ほら、昌也、手洗ってらっしゃい」

横から母がでしゃばってその場は有耶無耶にされてしまった。昌也は何とも腑に落ちない気持ちで満たされ、犬が貰われていくことに対する強い感情を持ち得ず、僅かに苛々とした。

反発はしなかった。無駄だと分かっていたからだ。それでもこれまでは執拗に食い下がってきたのだった。今回はそうすることが父を傷付けてしまいそうな予感がした。何だか複雑なもやもやが胸の中に渦巻いて苦しい。その反面、彼は何もなくなること、仔犬騒動の以前に戻るだけだという空虚感をどこかに感じ取ってもいたのだった。もう忘れよう、彼は諦めた。

坊主の霊が出る。彼らの中でこの噂を知らないものはいない。目撃者もいる。どこからともなく念仏が聞こえてくる。証言は後を絶たない。祈流ヶ崎の禁はこの噂によって更に呪縛を固めている。その禁を破りたく思う好奇心はまず千春の脳裏に浮かんだ。

「ねえ、本当かなあ？」

校庭の片隅で、彼女がまず口火を切った。それがこの計画の始まりであった。悠太にとっては渡りに船であった。健児にとっては恋敵に差をつけるチャンスであった。彼らが櫓の下で相談していたことは、つまり三者三様の思惑が絡まりあった肝試し企画であった。

郵便はがき

恐縮ですが
切手を貼っ
てお出しく
ださい

1 6 0 - 0 0 2 2

東京都新宿区
新宿 1－10－1
(株) 文芸社
ご愛読者カード係行

書　名				
お買上 書店名	都道 府県　　市区 郡　　書店			
ふりがな お名前			大正 昭和 平成　年生　歳	
ふりがな ご住所	□□□-□□□□			性別 男・女
お電話 番　号	(書籍ご注文の際に必要です)	ご職業		

お買い求めの動機
1. 書店店頭で見て　2. 小社の目録を見て　3. 人にすすめられて
4. 新聞広告、雑誌記事、書評を見て(新聞、雑誌名　　　)

上の質問に 1. と答えられた方の直接的な動機
1. タイトル　2. 著者　3. 目次　4. カバーデザイン　5. 帯　6. その他(　　　)

ご購読新聞　　新聞	ご購読雑誌

文芸社の本をお買い求めいただき誠にありがとうございます。この愛読者カードは今後の小社出版の企画およびイベント等の資料として役立たせていただきます。

本書についてのご意見、ご感想をお聞かせください。
① 内容について

② カバー、タイトルについて

今後、とりあげてほしいテーマを掲げてください。

最近読んでおもしろかった本と、その理由をお聞かせください。

ご自分の研究成果やお考えを出版してみたいというお気持ちはありますか。
ある　　ない　　内容・テーマ（　　　　）

「ある」場合、小社から出版のご案内を希望されますか。
する　　しない

ご協力ありがとうございました。

〈ブックサービスのご案内〉
小社書籍の直接販売を料金着払いの宅急便サービスにて承っております。ご購入希望がございましたら下の欄に書名と冊数をお書きの上ご返送ください。（送料１回210円）

ご注文書名	冊数	ご注文書名	冊数
	冊		冊
	冊		冊

ただ、千春は途中からこの企画に対して消極的になっていた。その理由を作ったのは悠太の「切り通しには赤ん坊の霊も出るらしいぞ」という一言であった。坊主の幽霊ならいいが、赤ん坊となると話は別である。

彼女は思い出してしまったのだった。

「祈流ヶ崎で拾ってきたんだよ」

彼女の母は「あたしはどうやって生まれたの?」という千春の問いに、常にそう答えていた。千春はそう聞かされて成長してきたのである。故に、祈流ヶ崎に赤ん坊では人事のように思えない。夏祭りが来なければいい、彼女はひそかにそう思っていた。

夏祭り当日。

夕刻より出でて、四子集まり、また散る。
日落ち、夜半の匂い、誘うが如く草の香。
各々櫓に集い、踊り狂う。
夜店に子等集まり、歓声高く、足音に勝る。
笛の音、太鼓の響き、掛け声と舞。
酒飲甚だし、忘我、忘却の境地。
隙縫って、人目を盗み、四子再び集う。
祭囃子遠く、虫の声近く。

暗い夜道を寄り添いながら歩き、彼らはようやく切り通しの前に辿り着いた。
闇はなお深く、手にした電灯の丸く小さな明かりは甚だ頼りなく、心細かった。

静寂が降りている。ただ慟哭に似た岩肌を洗う波の音が繰り返される。昌也は夏の夜半に寒さを覚えた。

「祈流ヶ崎の切り通し、夜道を行けば切る者キリなし」

「ちょっとやめてよ」

悠太がポツリと例の唄を唱え、千春が諫めた。

登り口は切り通しの先にある。彼らはどうしてもこの道を行かねばならない。

「衣ヶ崎の切り通しか……」

悠太が千春の諫めを聞き流して呟いた言葉を、昌也だけは聞いていた。

しばらくは切り通しを前にして佇んでいたが、誰からとも無く一歩踏み出し、明かりのない夜道をまた進み始めた。左も右も切り立った岩肌で、なにやら無言で迫ってくるような閉塞感がある。ひとりとして口を利くものはいなかった。

時折、ばさばさという鳥の羽ばたきが彼らを驚かせたが、幸いにも赤ん坊の幽霊はもとより、産声ひとつ聞かず静寂のまま闇の細道を抜けることが出来た。

続いて、今度は岩肌を段々に切り抜いた階段を上らなくてはならない。歪に曲がりくねった階段の脇には背の高い夏草が繁茂していて、その隙間からは涼しげな虫の音色が届いている。ようやく闇を切り開いて月が顔を出した。ふうと安堵の息がだれかれと分からず洩れる。しかしながら、それでもやはり口を利こうとする者はいない。研ぎ澄まされた神経が辺りのどんな事象にも素早く反応して、彼らはこれ以上なく覚醒していることを自覚する余裕さえ持ち得ない。平時はぼんやりとしている昌也ですら、張り詰めた緊張感の中に目を光らせていた。

十分も登っただろうか。彼らは額にうっすらと浮かんだ汗を拭い、目の前にだらしなくたれている黄色のロープに見入っていた。「入るべからず」と断られている木片が地面の上で月の光に反射している。平素、このロープはぴんと張られた状態で、訪れる者を拒んでいるはずだ。それが、この日に限って、何故？　彼らの脳裏に疑問符が続けざまに打たれていく。

ごくりと喉がなった。

「誰か中にいるのか？」

やっとのことで健児が絞り出すように言った。

「そんなはずはないよ。今頃、皆踊りに夢中だ」

悠太の声は小さい。

「じゃあ何で外れている？」

「……」

「ねえ、どうする。止める?」

千春が誰にというわけでもなく尋ねた。男児三人は答えに窮す。

「ねえ、どうするの、ここまで来て戻るの?」

「お、俺はどっちでもいい……」

健児は曖昧な答えを出した。

「昌也、お前はどうだ?」

悠太は責任逃れをするが如くに昌也に振った。

「ぼぼ、僕? ぼ、僕は、その……」

「もう、皆だらしないわね! 分かったわ、あたしひとりでも行くから」

ジャンヌダルクは勇敢に前へ。いかにも頼りない桃太郎の従者たち。四つの影は縦一列に並んで緩やかになった斜面をゆっくりと進む。

直ぐに視界が開けた。彼らは祈流ヶ崎の最も高い地点に到着したのである。これから崖の先端までは緩やかに下る。その後に祠へと下りていく難路がある。彼らは黒く広がる大海原を目にして一瞬、時を忘れた。束の間の休息、それさえも忘れるほどの困難な行程が彼らを待っているとは知らずに。

足場は思った以上に酷かった。長年に亘り、変わることなく繰り返される波の浸食。乾く暇のない岩肌にはびっしりと緑藻が育ち、ひと足ごとに深く冷たい夜の闇間へと誘う。岸壁に沿って慎重に進む四人の靴先を、時折、一際高い波が濡らして去った。唯一の救いは、煌煌とした月明かりばかりである。いかにも心もとない、ぬめっとした感触のロープとごつごつした岩肌に挟まれ、ようやく人ひとり通れる道ともいえぬ下りに、何度肝を冷やしたことか分からない。激しく打ち付ける地球の息吹に彼らはただ萎縮し恐れていた。

徐々に海面が近くなる。靴は最早びしょ濡れだった。波飛沫は膝頭までに及んでいた。彼らはそのとき、現実と彼岸との境界線を越えたのかもしれない。先頭を行く千春がまず初めに気付いた。彼女はとっさに灯りを岸壁に走らせた。そして息を飲み込んだのだった。

どこからともなく、念仏が聞こえる。

岩肌には無数の地蔵が列を作って彫り込まれていた。それぞれに合掌の姿勢をとってはいるが、手を伸ばせば道程を行く者を絡み取ることも可能である。一様に伏目がちであるが、まるで足元を見られているような錯覚に陥る。踏み外せ、踏み外せ、そんな風に呟き声が洩れてきそうだ。簡潔に言って薄気味悪いことこの上ない。

出来る限り岩肌に触れぬよう歩んだ。益々、バランスを取り難くなる。だが、地蔵の頭に手をかけながら進むよりはまだましであった。

海鳴りを縫って念仏が聞こえる。

そして、すすり泣きのような微かな声にならない叫びが足元に聞こえる。

足場は目の前で直角に落ち込んでいる。

反対側へ。

小さい体を捻って角を折れた。

念仏が、波音に勝った。

足場が急に開けた。岸壁を刳り抜いたスペースの奥に古びた社がある。月明かりが僅かに差し込んでいた。その社の前に影がしゃがみ込んで念仏を唱えている。坊主だ。瞬間、声が止んで、影はゆっくりと振り向く。

擦れた叫び声が「ひっ」と昌也の耳元で弾けた。

健児がその場にへたり込むのと、悠太の胸に千春が顔を埋めるのが同時だった。そして、昌也は呆然と坊主の顔を眺めていた。

「お前ら、何をしている」

影はじゃりと音を立てて、一歩近付いた。

「父さん」

昌也は呟くように言った。背後の海からは赤ん坊の泣き声が消えた。

「父さん、父さんは何をしているんだよう！」

昌也は耐え切れずに大声を出していた。父の目は冷たく凍り付いていた。そして、口は堅く閉ざされていた。父は何もなかったかのように反転し、再び社を前にしてしゃがみ込むと念仏を唱え始めた。それから傍らに置かれた蜜柑箱に右手を差し込み、小さくふわふわとした白いものを掴み上げた。白いものはくうん、くうんと弱々しい鳴き声を上げる。

「父さん、やめてよ」

父は立ち上がると、息子の横を念仏とともに通り過ぎ、そして、岸壁より海へ、一匹の仔犬を放り投げた。子どもたちは淡々と目の前で行われるその動作をしばらくは理解できずに呆けた眼差しで眺めるより他なかった。波間を漂う白い仔犬はいつしか闇に溶け、継続されるくうん、くうんという声は、やがてふっと消えた。

父は冷然と社の前に戻り、最後の仔犬をぶら下げて再び岸壁に立つ。念仏は消えない。

「父さん……」

昌也は父の背を見つめている。そのしゃんとした背は刹那、びくりと痙攣し、次の瞬間には手にした愛らしい仔犬を再度、波間に放った。

「いやあ!」

千春が泣き叫んだ。四人の子どもたちはここにようやく、祈流ケ崎の禁を破った報いを知ったのである。それは見てはならないものだった。来てはならない世界へ足を踏み入れた、その代償は余りにも深く彼らの胸に刻み込まれなくてはならない類のものであった。

くうん、くうんという最後の命が絶たれたとき、父は懐より何枚もの札を海へ撒く。そして、ようやく四人の異分子に声をかけたのだった。

「お前たちも撒くといい」

冷たい父の手から渡された紙切れを昌也は脱力したまま風に流した。

黒い海、その遥か沖合いに赤い光が点滅しているのを彼はぼんやりと眺めていた。


切り通しを帰る。

「衣ヶ崎の切り通し、夜道を行けば着ぬ者きりなし。岩に彫られた地蔵を見たかい。古くからね、あの岬は不遇の赤子を流す場所として有名だったんだ。着ぬ者、つまり衣を未だ纏う前の者の意だ。とくに不漁の年は多くの赤子があの岬から海へ流されたようだ。あの辺り一帯は潮の流れが速くてね、ずうっと沖まで流される。不漁だった次の年には網に嬰児の骨がかかったりもした」

父は遠く一点を睨んでいた。

「祈流ヶ崎と呼び名が変わったのは明治の終わり頃らしい。その年も偉く不漁でね、その上旱魃まで重なったものだから、赤子はおろか、老人まで海に消えたほどだった。随分切り通しに化けて出たろうね。

そこへ、この噂を聞きつけた偉いお坊さんがふらりと現れた。もしくは霊を慰めるために招かれたのかもしれない。その坊さんはまず岬に霊を祭る祠を作り、嬰児を流すことを禁じた。そして、縁起がよくないからって地名まで変えるようにと提言した。地名が早々変えられるもんでもないから、土地の人間は大いに頭を悩ませたらしいね。それで、公にではなく、勝手に変えてしまった。それがいつの間にやら広がって、遂には祈流ヶ崎と呼ばれるようになったんだ。唄もきっとそのとき改ざんされたんだろう。でも、今でもあそこは正式には衣ケ崎なんだよ」

切り通しはもうずっと後ろに遠ざかっていた。

「戦後、生活が豊かになり、医療も発達した。それまでは禁を破ってでも子を捨てにいく者が、僅かにあったらしいが、それさえも消えてなくなった。そして今は、そう、引き取り手のない犬や猫の仔を流す場所になっている」

泣き止まない千春の手を引いて悠太は沈鬱な表情である。その後をとぼとぼと健児がおぼつかない足取りでついてくる。彼らはいつの間にか櫓の立つ広場に差し掛かっていた。華やかな祭の舞台。鮮やかな光。踊り狂う人々。その賑やかな喧騒をかたっぽの頬に映して彼らはただただ無言であった。彼らには祭囃子の音色があまりにも遠い世界の如くに感じられた。

友と別れて後。長い一日の倦怠と疲労を抱えてがらりと玄関の引き戸を開く。

母がしゃがんでマコの背を撫でていた。

ようやく目頭に熱いものがこみ上げてくるのを昌也は感じた。彼は母の胸にしがみついてやっと激しく泣きじゃくったのだった。


それから、また幾ばくか揺られた。

間もなく大宮だった。海や田園は既になく、窓の外には猥雑なビル群が建ち並んでいる。その隙間を私はごうと通過する。

「もう、大宮か」

ポツリと呟くと、隣の席で妻が笑った。

「随分長い旅でしたよ。それが、あなたにかかっちゃ一瞬なのね」

私は苦笑して頭を掻いた。それから妻の膨れた腹に目を移した。じきに生まれてくる新しい生命がそこに宿っている。私の背中はしゃんとしているかい？君の目にどう映るだろう？

あのとき、冷然と仔犬を海に放った父の気持ちが、今ならば分かる気がする。私もきっとそうしていたに違いない。

後方でギャアと赤児の泣く声が聞こえた。

今少しあの瑞々しい記憶に戻りたくて、私は再びまどろんだ。

祈流ケ崎の切り通し、夜道を行けば切る者きりなし。

真珠の貝殻

明け方、エレベーターを降りて、僕が部屋のドアを開けると小さなハイヒールがきちんとそろえられていた。僕は初めて妻の足のサイズを知ることになった。それまでは気にとめたこともなかった。僕は妻についてまたひとつ知ったわけだ。

でも、もう妻は妻ではなかった。

キッチンのテーブルで彼女は眠っていた。僕は昨日まで妻だったその女の向かいに腰掛け、彼女が目覚めるのを待つことにした。ところが彼女は眠っているわけではなかった。細い肩が小刻みに震えていた。

「ごめんなさい」としばらくしてから彼女は、顔を上げずに言った。「泣くつもりはなかったの」

僕と彼女の間には灰皿がひとつあるだけだった。他のものはどこを探しても見当たらなかった。それは、僕たちが十余年かけて取っ払ってきた結果に他ならなかった。そして、残すは灰皿ばかりといったところで、僕たちはお互いにひどく遠い存在だったことに気が付いたのだ。

彼女はようやく顔を上げて赤い目で僕を見た。そして、忘れ物をしたのだと言った。「忘れ物だって!」彼女はゴミひとつ残さずに出て行ったのだ。

「そう、とっても大切なものを忘れたの。私の真珠の貝殻、どこにあるか知らない?」

真珠の貝殻は彼女が僕の部屋に最初に置いていったものだった。それは僕らが「じゃあ結婚しようか」という話をまとめた日だった。その日を境に、彼女のものは次から次へと僕の部屋に持ち運ばれ、そして今では綺麗さっぱりなくなっている。

「ああ、それなら……」と言いかけて僕は黙り込んだ。あの貝殻はどこにしまったのだっけ。不安そうに彼女は僕の顔を覗き込んだ。しかたなく、「どこかにしまったのは確かなんだけど」と言うと、彼女は頭を抱えた。

「ねえ、あの貝殻が私にとってどれだけ大切なものか、知っているでしょう?」

彼女は深いため息をついて頭を振った。

「私はいろんなものを落っことして生きてきたのよ。何を最初に落っことしたなんて覚えてはいないけど、気が付いたら次々に、こぼれ落ちていったの。なんで、こぼれるか分かる? それは私が落ちたものを拾うからよ。何かをひとつ拾うとそのたびに何かをふたつ落っことすのね。それの繰り返し。そうして、繰り返し繰り返し生きてきたの。拾えるのはひとつなのに、落っことすのはふたつ。そうして、どんどん私は失っていって最後には何も残らない。それであるときやめようって決めたの。次に何かを拾ったら、後は何も拾わない。それだけ持って、後は全部捨ててしまおうって思ったの。それで、残ったのが真珠の貝殻。だから、それだけは何があっても手放す訳にはいかないのよ。ねえ、私はあれだけあれば他に何もいらないの」

僕は彼女が真珠の貝殻を置いていった直後に、それを届けようと彼女を追いかけたことを思い出した。彼女は今まさにタクシーに乗ろうとしているところだった。

「ばかね。あしたから私もあの部屋で暮らすのよ」、そう彼女は笑った。「大切なものなの。ちゃんとしまっておいてね」

僕は真珠の貝殻をどこにしまったか、確かに彼女に伝えたはずだ。盗まれないように奥の奥にしまっておいたから安心だと言った。だが、僕らはふたりとも一体どこにしまってあるのか、いっこうに思い出せないし、見当も付かない。

僕らは互いに恐ろしく傷ついた顔をして黙り込んだ。

やがて、鳥のさえずりが聞こえ始め、それが車の走る音に変わり、続いて子どもたちの声になった。それでも、僕らは黙ってうつむき続けた。そして、結局、どれだけ黙っていても、真珠の貝殻は出てこないことだけが分かった。

「何か飲もうか」と僕は言った。

「そして、それから、ふたりで探すことにしよう。家中ひっくり返して見つけることにしよう」

彼女もそれに同意した。

僕がお湯を沸かし、彼女がマグカップを用意した。マグカップはひとつしかなかったから、彼女は湯飲み茶碗を使うことにした。そして、僕らふたりの間には、灰皿の他にマグカップと湯飲み茶碗に注がれた、熱いコーヒーが追加されたのである。

僕たちはもう真珠の貝殻を探す必要がないということを知っていた。貝殻は確かにこの部屋のどこか奥まった場所に存在するのだ。そのことに間違いはない。

僕と彼女はいれたてのコーヒーを飲みながら、照れくさそうに笑った。そして、「なんて遠回りなことをしたんだろう」とか「本当にばかみたいだ」とか「とても人には言えない」なんて言葉を次々と口にした。

それでも、僕らは知っていながら「きっと、数年後にはまた同じことをやらかすんだろうね」とは一言も口にしなかった。

あとがき

ひとことで六年と言ってしまうには、意味のある歳月だった。その中で出会い、そして別れた人たちを思うと、僕が小説を書き始めた一九九六年から現在に至るこの歳月は、あまりにも豊かで貴重な時間だったことに気付く。

この本が出版されることは、僕の六年間の結実のような気がしている。それは、あるいは目立たない、とても小さな果実なのかもしれないけれど、どんな小さな果実の中にも必ずささやかな種子が含まれている。今は、その種を蒔き、この先へつづく時間の中で大切に育てていけたらと、そんなふうに思っている。

あとがき

この場を借り、照れくさくて言えなかった「ありがとう」の言葉をおくりたい。

家族、先生方、素晴らしい友人たち、かつての恋人へ。

また、イラストを寄せてくれた奥原彩、写真の件でお世話になった河村洋太、僕の作品の一番の理解者である毛利康子、三氏には特に。

僕は今でも、あの頃と同じ部屋で、ぱっとしない生活を送り、小説を書きつづけています。


最後になるが、文芸社の皆様の尽力に敬意と感謝を。

二〇〇二年、冬

渡邊　青

著者プロフィール
渡邊　青（わたなべ せい）
1978年6月10日鹿児島県に生まれる。
現在東海大学大学院文学研究科在学中。

Lost Last Letter

2003年4月15日　初版第1刷発行

著　者　渡邊 青
発行者　瓜谷 綱延
発行所　株式会社文芸社
〒160-0022 東京都新宿区新宿1－10－1
電話 03-5369-3060（編集）
03-5369-2299（販売）
振替 00190-8-728265

印刷所　株式会社エーヴィスシステムズ

ISBN4-8355-5433-7 C0093